AF381339

EL ROMANTICISMO

La exaltación del yo y la libertad
en la literatura francesa

Por Monia Ouni
Traducido por Laura Soler Pinson

Arte y literatura 50MINUTOS.es

EL ROMANTICISMO

- **¿Cuándo y dónde?** El romanticismo nace en Alemania y en Inglaterra a finales del siglo XVIII antes de expandirse por el resto de Europa a principios del siglo XIX. En Francia, alcanza su punto álgido entre 1820 y 1848.
- **¿Contexto?** Estalla en pleno periodo postrevolucionario, marcado por la inestabilidad política.
- **¿Características?** El romanticismo se caracteriza ante todo por poner de relieve la subjetividad del escritor, por darle importancia a la naturaleza, por una renovación formal y por el compromiso político de sus miembros.
- **¿Representantes principales?** François René de Chateaubriand (1768-1848), Alphonse de Lamartine (1790-1869), Alfred de Vigny (1797-1863), Victor Hugo (1802-1885) y Alfred de Musset (1810-1857).

«Clasicismo es la salud y romanticismo la enfermedad» (Ministerio de Cultura 1989). Así lo define Goethe (1749-1832) y, de hecho, durante toda la primera mitad del siglo XIX, a los escritores los consume un sufrimiento nuevo: el mal del siglo. El movimiento romántico es una consecuencia del desencanto de toda una generación y nace en un ambiente de revuelta para oponerse a la Ilustración. Aunque tiene orígenes ingleses y alemanes, en Francia, donde la Revolución de 1789 ha dejado secuelas dolorosas y ha generado unas amargas decepciones, brillará de forma más vistosa entre una juventud que, en líneas generales, proviene de la aristocracia. La nueva escuela romántica se impone allí a partir de 1800 y alcanza su punto álgido entre 1820 y 1848.

En todas las artes, el romanticismo se traduce por un deseo de romper con las reglas clásicas y por una necesidad profunda de renovar los temas y las formas. Con sed de libertad y con ganas de emanciparse de los antiguos modelos, acaba con todo lo que encuentra a su paso. Pero los autores románticos también insuflan estos aires de independencia en la sociedad. Al estar comprometidos políticamente, se erigen en mensajeros de la libertad y desempeñan un papel importante en la Revolución de 1848, año que también marca el final del movimiento.

CONTEXTO

LA HISTORIA EN MARCHA

El siglo XIX francés está marcado por la inestabilidad política. La Revolución de 1789, que desemboca en la caída de la monarquía en 1792, da inicio a una larga concatenación de cambios de régimen. Para empezar, el siglo comienza con el poder autocrático de Napoleón I (1769-1821), quien se autocorona emperador en 1804. Este personaje, que cree en la grandeza de Francia, moderniza el país e inicia una extensa política de conquistas que en seguida despierta la ira de sus vecinos europeos. Se ve obligado a abdicar en 1814, tras varias coaliciones, aunque logra volver al poder durante el periodo llamado de los Cien Días, antes de retirarse definitivamente en 1815. A continuación, la Restauración vuelve a conceder el poder a la realeza, con una monarquía constitucional. Así, Luis XVIII (1755-1824) reina en Francia durante nueve años, pero las múltiples medidas antiliberales de su sucesor Carlos X (1757-1836) —entre ellas, la abolición de la Constitución—, vuelven a provocar el enfado del pueblo parisino. En julio de 1830, durante las Tres Gloriosas (27, 28 y 29 de julio), se produce una nueva revolución que lleva a la Monarquía de Julio, con Luis Felipe I (1773-1850) a la cabeza. Sin embargo, las diferencias sociales cada vez mayores corroen la sociedad y siguen aumentando los disturbios, hasta la Revolución de Febrero de 1848, tras la que se proclama la Segunda República. Quien toma las riendas es Luis Napoleón Bonaparte (1808-1873), que se convierte en su presidente. Pero este régimen tampoco dura mucho: Bonaparte, que lleva a cabo un golpe de Estado, instaura en 1852 el Segundo Imperio y es proclamado emperador de los franceses con el nombre de Napoleón III.

| Delacroix, Eugène, *La Libertad guiando al pueblo*, 1830, óleo sobre lienzo, 260 x 325 cm, París, Museo del Louvre. Esta obra emblemática del romanticismo pictórico está llena de pasión y se inspira en las Tres Gloriosas, de las que el propio pintor es testigo.

LA TRANSFORMACIÓN DEL PANORAMA SOCIAL

La Revolución de 1789 abole la sociedad del Antiguo Régimen, basada en los órdenes: la aristocracia pierde sus privilegios y el clero, su influencia. En un contexto en el que el orden social se rige ahora por la riqueza, en vez de por el nacimiento, la burguesía va acumulando cada vez más poder, mientras que la nobleza se ve relegada a un segundo plano e, incluso, a veces está obligada a exiliarse. De hecho, de entre esos aristócratas decepcionados con la nueva organización social salen muchos de los escritores románticos.

La industrialización en Europa refuerza aún más este fenómeno: por todas partes surgen fábricas que enriquecen a sus propietarios y algunos de ellos acumulan inmensas riquezas. En la parte baja de la pirámide social, aparece una nueva clase: el proletariado. La mano de obra, que huye del campo, se concentra en las zonas industriales, pero las condiciones de vida de los obreros se vuelven particularmente precarias debido a las enfermedades, la pobreza e, incluso, la insalubridad de las viviendas. Estas desigualdades crecientes y la pobreza a la que se ve confinada una gran franja de la población originan muchos movimientos sociales que marcan el ritmo de la primera mitad del siglo XIX. El pueblo llama al cambio.

LA ILUSTRACIÓN, UNA INMENSA DECEPCIÓN

A finales del siglo XVIII, la filosofía de la Ilustración, madre de la Revolución francesa, se ve empañada por las atrocidades que se cometen durante el Terror (1792-1794), con Maximilien Robespierre (1758-1794) a la cabeza, cuando los enemigos de la Revolución son arrestados y ejecutados. Atrás quedan los ideales de libertad y de igualdad. Además, no se han cumplido las promesas de 1789 y se suceden los regímenes políticos sin que se responda a las expectativas de los ciudadanos. Frente a una inestabilidad ambiente, la esperanza exaltada de toda una generación cae en la desilusión. Aunque Napoleón I logra estabilizar el país durante un tiempo y responder a los deseos de acción y de gloria de la joven generación, su caída acaba para siempre con el entusiasmo que inicialmente había llevado a la Revolución francesa.

Los ideales que dominaban en el siglo XVIII ahora parecen desfasados y la población aspira a otros modelos de pensamiento. Entonces, el culto a la razón deja paso al sentimiento religioso, que anteriormente había sido sofocado, y se buscan nuevas fuentes de inspiración, ya sea en arte o en literatura. Más en concreto, en este último ámbito, el modelo de la Ilustración se va resquebrajando primero desde dentro: Jean-Jacques Rousseau (1712-1778) se aleja ostensiblemente de él en *Julia, o la nueva Eloísa* (1761) y *Las ensoñaciones del paseante solitario* (1782), a pesar de ser contemporáneo de esta corriente. Estos escritos, que resaltan el sentimiento y la expresión del yo mientras se exalta la naturaleza, revelan y anuncian en el panorama literario de la época las líneas generales del romanticismo.

Además, desde los años 1770, surgen en Alemania y en Inglaterra nuevos modelos y temas literarios que se desarrollan con una voluntad «anticlásica» muy clara. A finales del siglo XVIII, el *Sturm und Drang* (literalmente, «tormenta y asalto»), un movimiento que es a la vez político y literario, rechaza explícitamente los valores que transmite la Ilustración. Goethe, con *Las penas del joven Werther* (1774), se erige como su representante más ilustre. Los temas que trata —melancolía, exaltación del yo, sentimiento de inadaptación a la sociedad— conmueven a toda la juventud alemana. En Inglaterra, la literatura sigue el mismo camino, tal y como muestra la poesía de Lord Byron (1788-1824), que honra la naturaleza y expresa la fuerza de los sentimientos, concediendo un lugar preminente al sujeto y a sus tormentos internos. Estos son los precursores del romanticismo francés.

CARACTERÍSTICAS

LA HISTORIA DE UNA PALABRA Y DE UN MOVIMIENTO

El término «romántico» se toma del inglés *romantic* y, en origen, designa un paisaje organizado de una forma libre e interesante, que impresiona a la imaginación y que merece ser pintado. En *Las ensoñaciones del paseante solitario*, Rousseau lo utiliza de esta manera: «Las orillas del lago de Biel son más románticas que las del lago de Ginebra»[1]. No obstante, la palabra se emplea sobre todo con el sentido de «romanesco», en referencia a algunos rasgos de las novelas o romances de la época: lo inverosímil, el sentimentalismo, la nostalgia, la fantasía, el misterio... De esta manera, en 1789, el Diccionario de la Academia Francesa indica que el adjetivo «romántico» se aplica a «lugares y paisajes que traen a la imaginación las descripciones de los poemas y de las novelas»[2]. Por lo tanto, se utiliza

---

1. Cita traducida por 50Minutos.es
2. Cita traducida por 50Minutos.es

como antónimo del adjetivo «clásico». Así, poco a poco, se encamina hacia el efecto que produce sobre la sensibilidad. Por su parte, el término «romanticismo» aparece en 1813, después de que Madame de Staël (1766-1817) publique su obra *Alemania* (1810-1813).

Cabe distinguir tres generaciones de escritores románticos franceses:

- la primera, de 1800 a 1820, ve cómo nace el romanticismo tras las desilusiones que provoca la Revolución francesa. Se trata de aristócratas que asisten al desmoronamiento de la sociedad del Antiguo Régimen, en el que algunos han perdido muchos de sus privilegios. El primero en expresar el malestar que experimenta su generación es Chateaubriand en *René* en 1802;
- la segunda, de 1820 a 1830, reivindica la libertad tanto en el plano artístico —rompiendo con la tradición clásica— como en el plano político —llegando a llamar a las revueltas sociales—. Lamartine, Vigny y Musset son los representantes más ilustres, aunque es Victor Hugo el auténtico jefe de filas. Estos escritores se reúnen en salones literarios alrededor de Charles Nodier (1780-1844) primero y de Victor Hugo

a continuación para organizar el movimiento. Entonces, se multiplican los manifiestos para afirmar la ambición romántica. Aunque los escritores románticos de segunda generación renuevan todos los géneros literarios y logran influir en la política de su época, lo cierto es que son víctimas de una terrible desilusión tras la Revolución de 1830;

- para acabar, la tercera, de 1830 a 1840, reúne a los escritores apodados a veces *petits romantiques* («pequeños románticos») en Francia. Está representada por autores como Gérard de Nerval (1808-1855) y Téophile Gauthier (1811-1872), que abandonan las exigencias sociales para limitarse a una revolución artística.

En 1848, la instauración del Segundo Imperio marca el final del romanticismo y el paso al realismo.

EL MAL DEL SIGLO Y LA AFIRMA-CIÓN DEL «YO»

La juventud romántica está inscrita en el centro de una época particularmente agitada y sufre una nueva enfermedad: una especie de melancolía histórica bautizada «el mal del siglo». Musset, en las primeras páginas de su *La confesión de un hijo del siglo* (1836), describe especialmente bien este sentimiento que lo oprime:

> «Tres elementos constituían la vida que entonces se ofrecía a los jóvenes: tras ellos un pasado destruido para siempre… con todos los fósiles de los siglos del absolutismo; frente a ellos la aurora de un inmenso horizonte, las primeras claridades del futuro; y entre estos dos mundos… algo parecido al océano que separa el viejo continente de la joven América, un no sé qué de vago flotante, un mar turbulento y lleno de naufragios […]» (Tollinchi 1989, 320).

Con la sensación de que los actos heroicos forman parte del pasado y de que las aspiraciones personales están reprimidas por la sociedad, las antiguas ambiciones dejan sitio al vacío y a la preocupación en la mente de los escritores. Los protagonistas románticos están torturados, son frágiles, y están insatisfechos y enfermos de melancolía, tal y como le ocurre al Werther de Goethe o al Stello de Vigny (*Stello*, 1832). Estos personajes, a los que les cuesta encontrar su lugar en la sociedad, intentan escapar de la mediocridad de la vida real. Entonces, se refugian en la soledad de los largos paseos contemplativos, en la espiritualidad o en el amor, que a la vez se considera un principio divino de comunión con el otro y una fuerza de oposición a las leyes sociales.

En paralelo, el yo se catapulta al primer plano. Los escritores reafirman su subjetividad y se vuelven a centrar sobre ellos mismos, lo que les permite explorar su interior, sus sentimientos y sus propias particularidades. Se dice adiós a la razón, a la universalidad, a la objetividad... El sentimiento se erige como valor.

La naturaleza, que se considera un refugio, se convierte en un lugar privilegiado para experimentar con el yo y con lo divino. La escena del paseo en solitario es un clásico del género. La comunión con la naturaleza permite que el protagonista medite y profundice en sus conocimientos sobre sí mismo. Los paisajes son el espejo del alma y las tormentas y las tempestades, que reflejan los tormentos interiores, se describen de una forma exaltada. La necesidad de evasión de los escritores románticos también los lleva hacia el exotismo, lo que genera nuevos temas. Así, la literatura romántica explora regiones desconocidas o representa épocas pasadas, con un gusto particular por la Edad Media y sus misterios.

| Géricault, Théodore, *La balsa de la Medusa*, 1819, óleo sobre lienzo, 491 x 716 cm, París, Museo del Louvre. Este cuadro, considerado el manifiesto del romanticismo pictórico, se inspira de un suceso y representa el naufragio de la Medusa en un mar agitado que refleja el interior de los personajes, solos y desamparados.

EL LIRISMO POÉTICO

La ola romántica llega a todos los géneros artísticos y la poesía, que se presta especialmente bien a la exaltación del yo, no es una excepción. En 1820, las *Meditaciones poéticas* de Lamartine estimulan la poesía francesa y le aportan un soplo de aire fresco. El lirismo que salpica esta obra influye profundamente a toda la literatura romántica y, en particular, al género poético: este se convierte en lugar perfecto para expresar los sentimientos del poeta, que se expresa en primera persona del singular para transmitir su sensibilidad exacerbada, su malestar y su dolor. Los temas del paso del tiempo, la melancolía, la tempestad o la naturaleza están omnipresentes, tal y como vemos ya en los primeros versos de *El lago* de Lamartine:

> «Así, siempre empujados hacia nuevas orillas,
> en la noche sin fin que no tiene retorno,
> ¿no podremos jamás en el mar de los tiempos
> echar ancla algún día?» (Lamartine 1820, citado
> en Font 1997, 71).

En el plano formal, se asiste a la rehabilitación de géneros poéticos antiguos, como la balada, mientras que Victor Hugo libera a la poesía de sus limitaciones que provienen del clasicismo, dislocando «a ese gran necio del alejandrino», tal y como declara en *Las contemplaciones* (1856).

Además, al poeta se le atribuye una misión: dado que él se considera un ser excepcional, se erige como profeta y cree estar destinado a guiar al pueblo. Al amparo de Victor Hugo, los escritores románticos entran entonces en política o se sitúan como intermediarios entre Dios y el hombre. Estos visionarios son a veces unos incomprendidos e, incluso, son odiados por su incapacidad para someterse al aspecto material del mundo y a las normas de la sociedad.

Surgen otro tipo de escritos que también ponen de relieve el «yo»: la autobiografía, las memorias y el diario íntimo. El libro *Memorias de ultratumba* (1848-1850) de Chateaubriand es uno de los muchos ejemplos. También se publican ensayos críticos en los que se abordan temas serios desde la perspectiva de la subjetividad. A partir de ese momento, el autor ya no intenta desaparecer de su texto, tal y como exigía el rigor científico de la Ilustración. Al contrario: se entusiasma en un deseo de transmitir sus profundas convicciones, como Madame de Staël en *De la literatura* (1800) y en *Alemania* (1814).

LA LUCHA POR EL TEATRO

Por su parte, el teatro se convierte en el lugar donde se desarrolla una auténtica lucha entre los románticos y los partidarios de la tradición clásica. Este género, extremadamente codificado, es el objeto de las mayores aspiraciones románticas de libertad. En 1827, el prólogo de *Cromwell* de Victor Hugo, que expone los principios del drama romántico, se considera el primer manifiesto real del romanticismo en Francia. En él, el dramaturgo proclama su emancipación frente a las reglas clásicas y toma abiertamente como modelo a William Shakespeare (1564-1616), autor barroco por excelencia. La polémica alcanza su punto álgido con la batalla de Hernani en 1830, tras las primeras representaciones de la obra *Hernani* de Victor Hugo. El público, dividido entre incondicionales y detractores del romanticismo, se lanza en un auténtico enfrentamiento hasta llegar a las manos literalmente.

Entre las innovaciones románticas, cabe señalar en primer lugar que se deja atrás la dicotomía estricta entre tragedia y comedia. La mezcla de los géneros se convierte en la característica principal del teatro romántico, que presenta en una misma obra lo grotesco y lo sublime, la felicidad y el dolor o la fealdad y la belleza con un deseo de fusionar tonos y registros. La segunda gran modificación se encuentra en el abandono de la regla de las tres unidades. Los cambios de lugar, la dilatación del tiempo y el aumento de las intrigas suponen nuevos desafíos para la puesta en escena. El carácter verdadero ya no se encuentra en la unidad, sino en el cuidado de los detalles. Los decorados son cada vez más elaborados y se trabajan cada vez más los personajes y sus trajes, por lo que se alejan de los arquetipos del teatro clásico. El lenguaje también se aparta del estilo que antes estaba homogeneizado para dejar que aparezca un toque local a través de acentos o de palabras que se escogen en función del lugar y de la época representados. Para acabar, ahora se privilegian los temas modernos por encima de los temas antiguos, y no se duda en evocar los problemas sociales o en hacer referencia a la política. De hecho, la historia nacional se explota mucho y abundan las obras históricas. Hay que señalar que ofrecen la ventaja de saciar la nueva sed por el exotismo y la historia, a la vez que permiten una reflexión sobre temas sociales actuales. *Lorenzaccio* (1834) de Musset o *Lucrecia Borgia* (1833) y *Ruy Blas* (1834) de Hugo, grandes crónicas históricas, son ejemplos destacados.

EL AUGE DE LA NOVELA

Hasta ese momento, la novela, el género menos codificado había sido apartado por su falta de rigor. Pero los románticos, con su gusto por la libertad, lo perciben como un amplio terreno para expresarse que les permite describir la sociedad y, a la vez, asignar un lugar destacado al individuo. Así, será en este género donde la nueva escuela romántica dejará su huella más brillante.

Encontramos varios tipos de novelas «románticas». Para empezar, en la novela personal, se hace hincapié en el individuo, cuyo carácter se describe con un gran realismo. El relato, con tintes melancólicos, se articula en líneas generales en torno a un personaje central en el que a menudo se puede reconocer al autor. Este es el caso de *Las penas del joven Werther*, una de las primeras novelas personales en la que el protagonista se desahoga largo y tendido acerca de sus sentimientos y sus tormentos, y cuenta su malestar y su dificultad para adaptarse al mundo. *La confesión de un hijo del siglo*, digno representante del género, es un relato en primera persona del singular en el que, tras la traición de una mujer, el protagonista expresa un odio hacia sí mismo y un cinismo que rayan el nihilismo.

Por su parte, la novela de sociedad quiere ofrecer una visión del mundo, una lectura de lo real, a través de imágenes detalladas. En cierta medida, los novelistas presentan remedios a los problemas sociales al difundir nuevos valores morales o políticos, como ocurre con *Los miserables* (1862) de Victor Hugo. Pero es la novela histórica, bajo la influencia del escocés Walter Scott (1771-1832) y favorecida por el deseo de evasión de los escritores, la que alcanza un mayor éxito y da lugar a la producción más abundante entre 1815 y 1830. *Ivanhoe* (1819), en la que la historia ya no es solo el marco de una intriga, sino que constituye el núcleo del relato, se convierte en el modelo de los románticos franceses. Podemos citar muchos ejemplos de novelas históricas: en *Cinco de marzo* (1826) de Alfred de Vigny, la trama se desarrolla bajo el reinado de Luis XIII (1601-1643); en *Los chuanes* (1829) de Honoré de Balzac (1799-1850) se cuenta la insurrección de 1793 durante el Terror; *Nuestra Señora de París* (1831-1832) de Victor Hugo ofrece una descripción del París medieval; *Los tres mosqueteros* (1844) de Alejandro Dumas (1802-1870) se basa en una anécdota histórica a la que el autor le da una mayor importancia para entretener al lector, etc.

En líneas generales, la literatura romántica muestra un gusto profundo por las situaciones y los personajes excepcionales, ya sean históricos, legendarios o de ficción.

REPRESENTANTES PRINCIPALES

CHATEAUBRIAND, EL PRECURSOR

| Retrato de Chateaubriand meditando sobre las ruinas de Roma, de Anne-Louis Girodet de Roussy-Trioson.

François René de Chateaubriand, el hijo menor de una familia aristocrática, nace en 1768 en una noche de tormenta en la que su madre le «inflige la vida»[1], según palabras del autor. Los paisajes misteriosos de Saint-Malo y de Combourg que marcan su infancia alimentan su naturaleza soñadora y sensible. Entre un padre frío y una madre melancólica, desarrolla una personalidad trastornada que se mueve entre la exaltación y la tristeza sin causa.

A pesar de que tiene un alma de artista y una auténtica vocación poética, se instala en París para convertirse en oficial con diecisiete años. Aun así, allí frecuenta los salones literarios, donde se enriquece sobre todo con los escritos de Rousseau. En esta época pierde su fe religiosa. Está en primera fila de la Revolución y, aunque al principio muestra entusiasmo con respecto a las ideas que este acontecimiento transmite, en seguida se asusta por su violencia. En 1791, un viaje de unos meses a América le permite descubrir una naturaleza y un pueblo hasta entonces desconocidos, y marca profundamente su pensamiento y sus escritos. Este partidario de la realeza vuelve

---

1. Cita traducida por 50Minutos.es

a Francia cuando se anuncia el arresto de Luis XVI (1754-1793) y se une al ejército de los emigrados en Alemania para refugiarse a continuación en Londres, tras una herida grave. Después de la muerte de su madre y de su hermana, se reconcilia con la religión y, en 1802, vuelve a Francia, donde publica *El genio del cristianismo.*

Este extenso ensayo apasionado, auténtico elogio de la fe cristiana, se aparta claramente del espíritu anticlerical de la Revolución francesa. Chateaubriand empieza a demostrar la existencia de Dios por la belleza del mundo y, con este objetivo, se entrega a una descripción a la vez poderosa y delicada de la naturaleza, impregnada de las emociones que suscita la contemplación. Esta obra marca la vuelta del sentimiento religioso a Francia, lo que en cierta medida autoriza la satisfacción de una necesidad de fe reprimida desde hace muchos años.

El genio del cristianismo también contiene dos episodios que a continuación se publican por separado: *Atala* (publicado primero en 1801 en *Los Natchez* y solo en 1805) y *René* (1802). En el primero, Chateaubriand describe el amor de dos indios de América y ofrece una reflexión sobre la interacción entre «salvajes» y europeos. Esta obra, impregnada de exotismo, presenta una descripción particularmente detallada de los paisajes y de las costumbres. De esta manera, el escritor introduce en Francia el gusto por el exotismo que más adelante inspirará a tantos románticos.

| Girodet de Roussy-Trioson, Anne-Louis, *Atala en la tumba*, también llamado *El entierro de Atala*, 1808, óleo sobre lienzo, 207 x 267 cm, París, Museo del Louvre. Este cuadro representa al indio Chactas y al padre Aubry mientras entierran a Atala, uno de los episodios más famosos de *Atala*.

En cuanto a *René*, un relato-confesión en el que el protagonista se parece extrañamente al autor, hasta en la elección de su nombre, describe las vicisitudes de un adolescente y de su hermana que desean el incesto. Los paseos del joven recuerdan a los que cuenta Rousseau, pero en este caso el marco es atormentado y violento, ya que la naturaleza no se puede separar de los sentimientos del paseante, presa de la desesperanza, del hastío y de la crisis existencial. La realidad parece incapaz de satisfacer la sed de infinito y de pasión que mueve a René, esta alma torturada que remite al joven Werther de Goethe. Es esta tendencia del alma a la melancolía lo que más tarde se llamará el mal del siglo. Sin embargo, Chateaubriand quiere condenar en su relato lo que él consideraba «ensueños inútiles»[2], pero los lectores solo se quedan con la sensibilidad poética. El autor, que observa cómo su René se convierte en el modelo del héroe romántico, declara: «Si *René* no existiera, ya no lo escribiría; si me fuera posible destruirlo, lo destruiría; ha infestado el espíritu de parte de la juventud, efecto que yo no había podido prever, pues lo que quise,

---

2. Cita traducida por 50Minutos.es

por el contrario, fue corregirlo» (Chateaubriand 2001).

Para acabar, con sus *Memorias de ultratumba* (1848-1850), Chateaubriand ofrece un amplio panorama de su época, en el que él mismo se sitúa en el centro, como protagonista ejemplar. A medio camino entre las memorias y la autobiografía, el relato empieza a contar la historia general a través de la historia personal de su protagonista. Este libro, narrado en primera persona del singular, se construye en torno a una individualidad y es el primero de una larga serie.

ALPHONSE DE LAMARTINE, EL DESENCADENANTE

| Retrato de Alphonse de Lamartine, de Adrien Tournachon.

Alphonse de Lamartine, nacido en Mâcon en 1790, crece en el pequeño pueblo campesino de Milly, en un entorno aristocrático. Su educación católica hace que nazca en él un gran fervor religioso y le insufla el gusto de la lectura, lo que le lleva a descubrir la obra de Chateaubriand. Durante el Primer Imperio, al que se opone ferozmente, se queda aislado en su pueblo de infancia. Solo rompe la monotonía de su retiro rural durante un viaje a Italia, en el que se enamora de una joven napolitana. Pero en 1814, con la caída del Imperio, toma partido por Luis XVIII y se instala en París para efectuar una breve carrera militar. En efecto, vuelve a Milly a partir de 1815, aunque más adelante viajará con frecuencia entre el campo y la capital, donde lleva una vida de libertino. Al año siguiente, víctima de problemas nerviosos, va a curarse a Aix-les-Bains, donde conoce a Julie Charles, con la que inicia una relación apasionada a pesar de que la joven ya está casada. El idilio se convierte en un drama en 1817, cuando su amante muere de tuberculosis.

Tras el sufrimiento provocado por este amor roto, compone las *Meditaciones poéticas* (1820), su primera antología de poesía. Inspirada por «las innumeras [*sic*] fricciones del alma y de la naturaleza» (Amazon México 2016), tal y como lo explica el propio Lamartine en su prólogo, la obra está considerada la primera manifestación del lirismo romántico en Francia y le granjea a su autor un inmenso éxito que lo catapulta de forma instantánea al primer plano del panorama literario. Aunque el autor expone su estado anímico, también exalta la fe cristiana, si bien esta no está exenta de dudas y de preocupaciones.

Esta nueva notoriedad permite que Lamartine se case con Mary-Ann Birch, una joven inglesa con la que tendrá una hija, Julia, y lo incita a continuar su obra. Lamartine es nombrado secretario de embajada en Florencia en 1825, donde vive durante tres años, y allí redacta *Armonías poéticas y religiosas*, que se publica en 1830. Esta antología, considerada su obra maestra, exalta la naturaleza y la emoción religiosa a la vez que conserva el tono personal de las *Meditaciones*. El poeta, que en origen es católico, parece acercarse poco a poco a una forma de deísmo que impregnará las futuras obras románticas.

Ese mismo año, en 1830, la Monarquía de Julio cuenta con su aprobación, pero su fracaso en las elecciones para el puesto de diputado lo decepciona. Así, en 1832 inicia un viaje a oriente con el objetivo de reforzar su fe. Allí se entera con dolor de la muerte de su hija, que será el tema principal de su relato autobiográfico *Viaje al oriente* (1835). En 1833, es elegido diputado, un puesto que ocupará hasta 1851. Predica una literatura social y es ferviente defensor del liberalismo, por lo que alienta la Revolución de 1848. Después de este acontecimiento, se convierte en miembro del Gobierno provisional. Es elegido triunfalmente para la Constituyente, pero a continuación sufre una cruel debacle durante su candidatura a las presidenciales, donde es derrotado por Luis Napoleón Bonaparte. Entonces, Lamartine, arruinado, se ve obligado a escribir abundantemente para sobrevivir, y así hasta su muerte en 1869. A través de su doble carrera literaria y política, habrá cumplido con su propia visión de la misión social del poeta y habrá sido el primero en encarnar la imagen del poeta-profeta que más tarde desarrolla Victor Hugo.

VICTOR HUGO, EL MAESTRO

| Fotografía de Victor Hugo tomada por Nadar en el año 1884.

Victor Hugo nace en Besanzón en 1802, en un hogar donde reinan los desacuerdos, entre una madre a favor de la realeza y un padre que se enrola en las filas del emperador. Con quince años, tras la separación de sus padres, va a vivir a un internado, donde compone sus primeros poemas, que le valen varios premios literarios. El joven prodigio, que es ambicioso, quiere ser «o Chateaubriand o nada» (Biblioluces 2017). Entonces, interrumpe sus estudios para dedicarse por entero a su pasión escritora y publica su primera recopilación de poesía, *Odas*, en 1821. En esta época, frecuenta el salón de Charles Nodier, donde conoce a Vigny y a Lamartine. Al año siguiente, se casa con una amiga de la infancia, Adèle Foucher (1803-1868), que le dará cinco hijos.

Aunque el prólogo que escribe posteriormente para sus *Odas* ya dibuja su visión del poeta como profeta, algo que inspirará a toda la escuela romántica, no será hasta 1827, con el prefacio de *Cromwell*, cuando se reafirma realmente como jefe de filas del movimiento romántico. En este manifiesto, rechaza la tradición clásica y enuncia los preceptos de un arte nuevo. Entonces, funda el Cenáculo, un círculo literario militante donde se reúnen artistas como Vigny, Dumas o Balzac. En 1830, en el prefacio de *Hernani*, declara que «el romanticismo no es más que el liberalismo en literatura» (Comellas 2009). Esta afirmación desvela las ambiciones políticas de Hugo, que ve la literatura como un terreno de compromiso.

Los años 1820-1830 son particularmente prolíficos: Hugo publica numerosas obras (novelas, poesías, obras de teatro) y cosecha todos los honores, e incluso es elegido para la Academia Francesa en 1841. Pero este triunfo se trunca dos años más tarde, tras el fracaso de la obra *Los burgraves* (1843), que marca una vuelta del clasicismo al teatro. Además, ese mismo año, un drama personal trastoca su vida: su hija mayor, Leopoldina (1824-1843), se ahoga junto a su marido, lo que deja al poeta sin consuelo durante muchos años.

En esa misma época, entra en política y, tras la Revolución de 1848, se convierte en alcalde de París, con lo que cumple su visión del poeta comprometido. Aunque al principio apoya a Luis Napoleón Bonaparte, se vuelve de repente contra el poder, se acerca a las ideas de la izquierda y pide una mejora social. Cuando se produce el golpe de Estado de 1852 que instaura el Segundo Imperio, llama al pueblo a rebelarse y, por consiguiente, se ve obligado a abandonar Francia.

Durante estos años de exilio, publica *Los castigos* (1853), en los que deja que se desate su odio contra el Imperio y su amor por la libertad. Esta sátira le vale el reconocimiento como jefe espiritual de la oposición. También en este periodo desarrolla su gusto por el ocultismo, algo que aparece en *Las contemplaciones* (1856), una recopilación de poemas impregnada de la tristeza que no lo ha abandonado desde la desaparición de Leopoldina.

En 1862, se publica *Los miserables*, una inmensa novela épica que milita por la instrucción, la justicia social y la caridad. En líneas generales, las obras novelescas de Victor Hugo ofrecen amplios panoramas históricos que sacan a escena a las víctimas de la sociedad. Entre las más famosas, podemos citar *Nuestra Señora de París* (1831) y *Noventa y tres* (1874).

Para acabar, Hugo vuelve a Francia en 1870, tras el desmoronamiento del Segundo Imperio. Este escritor popular e ídolo de la izquierda republicana triunfa tanto en el plano literario como en el político. No obstante, la República lo decepciona y pierde sus ilusiones, algo que no le impide continuar con su carrera política y, de hecho, es elegido diputado en 1876. Cuando muere en 1885, se organizan funerales nacionales que reúnen a una multitud impresionante en el Panteón.

ALFRED DE MUSSET, EL *ENFANT TERRIBLE*

| Retrato de Alfred de Musset realizado por Charles Landelle.

Alfred de Musset nace en 1810 en París. Este alumno brillante se dedica a escribir poesía a partir de sus catorce años. Tras una adolescencia distraída, muestra interés por el derecho y por la medicina entre otros, pero se siente destinado a una carrera literaria. Con 18 años, frecuenta el Cenáculo romántico y conoce a Nodier, a Vigny y a Hugo, de quien admira profundamente su obra. Su vida se ve trastocada cuando la novelista George Sand (1804-1876), con quien ha iniciado una relación apasionada en 1833, lo traiciona con su médico. Pasan de rupturas a reconciliaciones, pero su unión agitada sumerge al poeta en una melancolía que ya no lo abandonará.

Su primera antología poética, *Cuentos de España e Italia* (1830), es todo un éxito. El joven escritor, de naturaleza fogosa, explota toda la vena romántica, mezclando exotismo y violencia de las pasiones. También revela su segunda naturaleza, impertinente e irónico, hasta llegar a reírse con ligereza de los excesos de la nueva escuela romántica. De esta manera, en su obra lírica se ve la independencia de este poeta que, aunque se inscribe en el movimiento romántico, no esconde su admiración por el arte clásico y rechaza la dimensión política de la literatura para concentrarse en el sentimiento. Por lo tanto, su poesía está impregnada de sus desgracias sentimentales, como podemos ver en el ciclo poético de *Las noches* (1835-1837), donde se centra en la emoción íntima.

No solo se lanza en el mundo de la poesía, sino también en el teatro, y renueva el género publicando *Un espectáculo en un sillón* (1832), una obra exclusivamente destinada a la lectura. A continuación, se publican otras obras en forma de pequeños libros, como por ejemplo *Con el amor no se juega* (1834), una comedia en la que se mezclan la emoción y la fantasía, que refleja a la vez la doble personalidad del autor y la voluntad romántica de mezclar los registros de lo trágico y de lo cómico. Por su parte, su obra maestra dramática, *Lorenzaccio* (1834), presenta un amplio panorama histórico del Renacimiento florentino y exorciza su propia ansiedad de decadencia infligiéndosela a su protagonista. Lorenzo, que es una especie de nuevo Hamlet, es un joven príncipe idealista que finalmente cae en los excesos, encarna la decepción de la joven generación francesa tras el fracaso de la Revolución de

1830. *Lorenzaccio*, que es una reflexión política y moral, está considerado el drama romántico por excelencia.

La relación de Musset con George Sand será la fuente de una gran parte de su producción. Su sufrimiento alimenta su ingenio y deriva sobre todo en la escritura de *La confesión de un hijo del siglo* (1836). Esta novela autobiográfica que analiza el alma inquieta y atormentada de su autor parece representar a todos los escritores presa del mal del siglo. La traición amorosa que vive el protagonista simboliza de esta manera el sentimiento de traición que experimenta la generación de 1830, cuyas esperanzas revolucionarias se ven reducidas a cenizas tras la instauración de la Monarquía de Julio. El cinismo que se desprende de esto resulta ser la manifestación de una profunda melancolía.

Musset, debilitado por sus numerosos excesos (alcoholismo, libertinaje, etc.), ve cómo pesa sobre él una enfermedad del corazón a partir de sus 30 años. Su inspiración poética se agota y, aunque en 1852 es nombrado para la Academia Francesa, lo cierto es que muere en el anonimato en 1857.

REPERCUSIONES

Se considera que el periodo romántico finaliza con la Revolución de 1848, reprimida con violencia, y con la instauración del Segundo Imperio. Los ideales románticos se desmoronan y los escritores de la siguiente generación ya no se encuentran cómodos con ello. No obstante, la historia literaria está profundamente marcada con el sello del romanticismo: las corrientes siguientes se desarrollan en total oposición al movimiento romántico o influidas por este.

Así, en la segunda mitad del siglo XIX, el realismo, cansado de los excesos líricos, quiere volver a una descripción objetiva de la realidad. No obstante, se nota la influencia del romanticismo en muchas obras realistas, sobre todo a través de la importancia que se otorga a la psicología de los personajes y a la descripción de la sociedad. En efecto, *La comedia humana* (1830-1856) de Balzac, considerado jefe de filas del realismo, toma muchas características del romanticismo.

Más tarde, en los años 1880, los autores simbolistas, víctimas de un malestar llamado «spleen» —una especie de mal del siglo llevado al extremo— vuelven a apropiarse de la imagen del poeta maldito. Además, a finales del siglo XIX vuelven a surgir los temas románticos de la desilusión y de la decadencia.

Principalmente por sus temáticas y por el lugar que deja a la sensibilidad, el romanticismo sigue impregnando la mente de la gente desde su desaparición. Actualmente, los temas románticos están presentes en la literatura popular y en el cine. Por ejemplo, la película *Hacia rutas salvajes* (2007), que alcanza un gran éxito en el mundo entero, explota la temática del retiro solitario del protagonista en la naturaleza para escapar de una sociedad que ya no responde a sus expectativas. En líneas generales, el protagonista romántico ocupa el primer plano del escenario en muchas producciones.

EN RESUMEN

- El romanticismo nace en Alemania y en Inglaterra a finales del siglo XVIII, y se extiende por el resto de Europa a principios del siglo XIX. En Francia, el movimiento alcanza su punto álgido entre 1820 y 1848 y entre sus filas se encuentran escritores como Chateaubriand, Lamartine, Vigny, Hugo o Musset.
- En todas las artes, el romanticismo presenta un deseo de romper con las reglas clásicas y de renovar los temas y las formas, lejos del racionalismo del siglo de la Ilustración. En Francia, los escritores románticos, que están particularmente marcados por el fracaso de la Revolución francesa, reivindican la libertad, no solo en el plano artístico, sino también en el político.
- La juventud romántica, que se desarrolla en un periodo agitado, sufre un sentimiento de melancolía bautizado como «el mal del siglo». Los protagonistas románticos están torturados, son frágiles, están insatisfechos y tienen dificultades para encontrar su lugar en la so-

ciedad. Entonces, se refugian en la naturaleza, en la espiritualidad o en el amor, temas muy apreciados por la literatura romántica.

- En paralelo, el romanticismo se caracteriza por la afirmación de la subjetividad del poeta, que pone de relieve sus sentimientos. En 1820, las *Meditaciones poéticas* de Lamartine aportan un soplo de aire fresco al género poético, que se presta especialmente bien a la exaltación del yo. Además, los poetas adquieren una misión social como guías del pueblo. Por consiguiente, se lanzan en política o se sitúan como mediadores entre Dios y el hombre.
- Pero la ola romántica también alcanza el teatro y la novela. De hecho, el primero se convierte en un auténtico campo de combate entre los románticos y los partidarios de la tradición clásica, sobre todo durante la batalla de Hernani. Victor Hugo se erige como portavoz de un nuevo género: el drama romántico, que en especial pone en peligro la regla de las tres unidades. En cuanto a la novela, es en este género donde la escuela romántica destaca de una manera más brillante. Junto a las novelas personales, donde se hace hincapié en el individuo, las novelas históricas alcanzan un éxito

enorme.

¡Tu opinión nos interesa!
¡Deja un comentario en la página web de tu librería en línea,
y comparte tus favoritos en las redes sociales!

PARA IR MÁS ALLÁ

FUENTES BIBLIOGRÁFICAS

- Amazon México, "El Manuscrito de Mi Madre", 2016. Consultado el 2 de octubre de 2017. https://www.amazon.com.mx/ El-Manuscrito-Madre-Alphonse-Martine/ dp/1535398787

- Aron, Paul, Denis Saint-Jacques y Alain Viala. 2002. *Le Dictionnaire du littéraire*. París: PUF.

- Biblioluces, "Hernández", 23 de marzo de 2017. Consultado el 7 de septiembre de 2017. https://biblioluces.wordpress.com/category/ buscando-un-billete/

- Brix, Michel. 1999. *Le Romantisme français: esthétique platonicienne et modernité littéraire*. Namur: Société des études classiques.

- Chateaubriand, François-René. 2001. *Mémoires d'outre-tombe*. París: Le Livre de poche.

- Chateaubriand, François-René. 2017. *Memorias de ultratumba*. 7 de marzo. Consultado el 7 de septiembre de 2017. http://www. textos.info/francois-rene-de-chateaubriand/ memorias-de-ultratumba/ebook

- Comellas, José Luis. 2009. *Páginas de la Historia*.

Madrid: Ediciones Rialp.

- de Lamartine, Alphonse. 2006. *Méditations poétiques. Nouvelles Méditations poétiques*. París: Le Livre de poche.

- de Lamartine, Alphonse. 2016. El manuscrito de mi madre. s. l.: Onlyart Books. E-book en PDF.

- de Musset, Alfred. 2010. *La Confession d'un enfant du siècle*. París: GF-Flammarion.

- Font, Nora. 1997. *El dulce secreto: los más bellos poemas de amor 2: una nueva selección*. Barcelona: Planeta.

- Fort, Sylvain. 2009. *Le Romantisme*. París: Flammarion.

- Gauthier, Théophile. 2011. *Histoire du romantisme. Quarante portraits romantiques*. París: Folio classique.

- Lagarde, André y Laurent Michard. 1963. *Le XIXe siècle. Les grands auteurs français du programme*. París: Bordas.

- Larousse. s. f. "Le romantisme en littérature". *Larousse*. Consultado el 7 de septiembre de 2017. http://www.larousse.fr/encyclopedie/divers/le_romantisme_en_litt%C3%A9rature/185879

- Ministerio de Cultura. 1989. *J. V. Foix: Premio Nacional de las Letras Españolas 1984*. Barcelona: Anthropos.

- Peyre, Henry. 1971. *Qu'est-ce que le romantisme?*

París: PUF.

- Tollinchi, Esteban. 1989. *Romanticismo y modernidad*. Río Piedras: Editorial de la Universidad de Puerto Rico.

- Villemain, Abel-François. 1958. *M. de Chateaubriand: sa vie, ses écrits, son influence littéraire et politique sur son temps*. París: Levy.

FUENTES ICONOGRÁFICAS

- Retrato de Chateaubriand meditando sobre las ruinas de Roma, de Anne-Louis Girodet de Roussy-Trioson. La imagen reproducida está libre de derechos.

- Delacroix, Eugène, *La Libertad guiando al pueblo*, 1831, óleo sobre lienzo, 260 x 325 cm, París, Museo del Louvre. La imagen reproducida está libre de derechos.

- Géricault, Théodore, *La balsa de la Medusa*. 1819, óleo sobre lienzo, 491 x 716 cm, París, Museo del Louvre. La imagen reproducida está libre de derechos.

- Girodet de Roussy-Trioson, Anne-Louis, *Atala en la tumba*, también llamado *El entierro de Atala*, 1808, óleo sobre lienzo, 207 x 267 cm, París, Museo del Louvre. La imagen reproducida está libre de derechos.

- Retrato de Alphonse de Lamartine, de Adrien

Tournachon. La imagen reproducida está libre de derechos.

- Fotografía de Victor Hugo tomada por Nadar en el año 1884. La imagen reproducida está libre de derechos.

- Retrato de Alfred de Musset realizado por Charles Landelle. La imagen reproducida está libre de derechos.

www.50Minutos.es

ISBN ebook: 9782806297976

ISBN papel: 9782806297983

Depósito legal: D/2017/12603/301

Cubierta: *El caminante sobre un mar de nubes*, de Caspar David Friedrich

Libro realizado por Primento, *el socio digital de los editores*